关于复旦大学诗社
——《常春藤诗丛·复旦大学卷》序言

　　《常春藤诗丛》即将付印之际，复旦大学卷的序因故一直没有落实，考虑到整个诗丛的一致性，丛书策划人和复旦卷主编希望我担当此任。自知没有资格和能力为复旦卷写序，但为了丛书整体进度，只能尽我所知，并从公开资讯中获取相关资料，介绍持续近40年的复旦诗社。

　　复旦诗社成立于1981年，一直是复旦大学校园文化的象征，是中国当代诗坛上历史悠久、传承有序、诗人辈出的高校诗社。在20世纪80年代前期，曾与北京大学五四文学社、吉林大学赤子心诗社、安徽师范大学江南诗社并称全国高校四大诗社。30多年来，它带动复旦大学成为中国现代诗歌的重镇之一，走出了许德民、孙晓刚、李彬勇、张真、傅亮、杨小滨、陈先发、韩国强、施茂盛、韩博、马骅、肖水、洛盏、顾不白、徐萧等一大批优秀诗人，形成海纳百川的"复旦诗派"。

"仿佛梦幻，每当回想起这一段生命的华彩，我还是会深深地悸动。诗的力量滋润了我整个生命，也注定了我与诗一生同行。"提起往事，1979级经济系的学生，复旦诗社创始人、第一任社长许德民满怀深情地说，"我的诗歌生涯是从复旦起步的。1981年，我在复旦发起成立了复旦诗社，也是它把我培养成为一个诗人。"

　　复旦的诗人们与中国诗人一样，从20世纪70年代末开始，以空前的热情参与了自新诗历史以来最具想象力，也最具使命感的创造。1983年许德民负责编辑了中国第一本大学生抒情诗选《海星星》（复旦大学出版社出版），第一版就印了38000本，后来又加印数次，印数将近70000本，这在诗歌受到冷落的今天是不可想象的。第二年复旦诗社又编辑出版了第二本诗选《太阳河》。两本诗集在20世纪80年代的大学校园和社会上广为流传。

　　"20世纪80年代后半期的诗歌创作，却也并非空无，一批又一批追求各异的诗人，竞相出现，他们写出了属于他们自己并引为自豪的诗篇。海子就出现在此一时期，并且成为一种精神象征，照亮了此际丰富而贫乏的诗歌天空。"（谢冕：《丰富而又贫乏的年代》）第二十六任复旦诗社社长王明鉴曾说："在我担任诗社社

杜立德诗选

常春藤诗丛

复旦大学卷

施茂盛 主编

杜立德 著

陕西新华出版传媒集团

太白文艺出版社

图书在版编目（CIP）数据

杜立德诗选 / 杜立德著. — 西安 ： 太白文艺出版社，2019.1

（常春藤诗丛. 复旦大学卷）

ISBN 978-7-5513-1666-8

Ⅰ．①杜… Ⅱ．①杜… Ⅲ．①诗集－中国－当代 Ⅳ．① I227

中国版本图书馆CIP数据核字（2019）第 024734 号

杜 立 德 诗 选

DU LIDE SHIXUAN

作　　者　　杜立德

责任编辑　　蒋成龙 姚亚丽

封面设计　　不绿不蓝 杨西霞

版式设计　　刘戈

出版发行　　陕西新华出版传媒集团

　　　　　　太 白 文 艺 出 版 社

经　　销　　新华书店

印　　刷　　北京彩虹伟业印刷有限公司

开　　本　　787 毫米 ×1092 毫米　1/32

字　　数　　73 千

印　　张　　6.625

版　　次　　2019 年 1 月第 1 版

印　　次　　2019 年 1 月第 1 次印刷

书　　号　　978-7-5513-1666-8

定　　价　　45.00 元

如有印装质量问题，可寄出版社印制部调换

联系电话：029-81206800

出版社地址：西安市曲江新区登高路 1388 号（邮编：710061）

营销中心电话：029-87277748　029-87217872

长以来,有幸接触了很多20世纪八九十年代的诗社前辈,在和他们探讨诗歌探讨诗社的未来时,我常常会惊异于他们对诗社、对诗歌的坚定,惊异于他们对自己内心深处那片净土的坚守。品读许德民、天骄(韩国强)等各任社长的诗歌作品时,我常常会不自觉地想象:在曾经的那些年代里,复旦诗社有着怎样的风光与气势!"

在复旦诗社举行的创社24周年纪念会上,许德民、周伟林、李彬勇、傅亮(第三任社长)、杜立德(第四任社长)、杨宇东(第十一任社长)等诸多早期复旦诗社诗友和诗社现会员、中文系的部分教授济济一堂,就如何在现代社会发扬诗歌文化,如何定位当今校园诗歌创作等问题展开了热烈的讨论。2005年复旦百年校庆时,许德民担任主编的《复旦诗派经典诗歌》《复旦诗派前锋诗歌》《复旦诗派诗人丛书》等16卷复旦诗派诗歌系列作品得以出版,完成了梳理和总结复旦诗歌的浩大工程。

"旦复旦兮,日月光华",安放在复旦校园内的"复旦诗魂"铜雕,以当年《诗耕地》创刊号封面为设计原稿,进行艺术化处理,凝聚着复旦人永远的诗魂。正像诗人刘原(复旦诗社第六任社长)所说:"更单纯／恢复到最初初恋的明净／让走过的路上都弥漫馨香。"

复旦诗社近年来非常活跃，组织了"复旦诗社复兴论坛""'在南方'诗歌奖评选"等一系列诗歌活动，并定期举行"在南方"诗歌沙龙，邀请复旦大学、上海乃至全国的著名诗人与同学们进行交流。2011年，复旦诗社举办首届复旦诗歌节并设立针对在校大学生的"光华诗歌奖"。此后，每届"光华诗歌奖"都邀请诗歌界的代表诗人作为评委，该奖项现已成为针对高校的、代表着创作高水准的诗歌奖。复旦诗社还创建了全国高校第一个以诗歌为主体的公益图书馆——复旦诗歌图书馆；之后又成立了复旦大学诗歌资料收藏中心，偏重于当代诗歌资料的搜集。诗人、作家、诗歌资料收藏中心执行主任肖水介绍，选择当代方向，是因为复旦在当代中国诗歌的写作和研究方面都有一定的传统和建树。他认为：诗歌资料收藏中心的建立，"就是要为复旦的诗歌写作和研究添砖加瓦；为诗人们建立坐标，提供营养；为诗歌研究者提供便利，催发动力；从而为整个中文诗歌的写作和研究营建更好的诗歌生态"。

前期的复旦诗社中，有我许多朋友和熟人，故深知他们的探索和耕耘。复旦的诗歌成就是有目共睹的，也是卓越的，我深信复旦学子一定会客观而又全面地总结出复旦诗学、复旦诗歌的理念和精神，以及复旦诗歌发展轨迹。据说复旦大学卷只选了5位复旦诗人的作品，我不敢断言这能否充分体现出复旦诗人的全貌，或许只是某一时期的截面或缩影。但毫无疑问，诗丛入选的李彬勇、杜立德、陈先发、韩国强、施茂盛5位诗人是出类拔萃的，他们不仅属于复旦，也属于全中国。我也不敢说我的描述是否涵盖跨越近40年复旦诗歌的发展轨迹，在此，我要向复旦诗社第一任至第四十六任社长许德民、卓松盛、傅亮、杜立德、张浩、刘原、甘伟、韩国强、黎瑞刚、刘俊浩、杨宇东、王海威、宋元、胡方、韩博、吴键虎、许超、郭军、李文立、杨蓉蓉、施兴海、成明、丁雁南、李健炜、丁炜、王明鉴、肖水、吾勉之、洛盏、顾不白、徐萧、沈逸超、田驰、杨扬、付东东、陈汐、曹僧、王大乐、王子瓜、张雨丝、廖如妍、西尔、李子建、卢墨、周一木、杨雾，以及无法一一提及的复旦诗人致敬。

苏历铭

2018 年 9 月 21 日 北京

目录

3

致敬，世界

我向你乞求生长
于是你就给我日子，直到永远

但我们绝不会永生
永生的人是没有的
而永恒的心是有的
它是秋天
它是时节的期待
它的期待不是惆怅和悲切
是一个太阳和月亮的姣好

永远运动着
从此岸到达彼岸
没有桥的河和没有河的桥
连着你和我们的空间

永远的流逝

如果心是近的

那么路不会再遥远

十月

你用一连串的跳弓展现了落叶缤纷的秋景

白桦林

金子般的阳光里　小鹿

蹦蹦跳跳走向金色的池塘

打碎了枫叶安详的倦容

一叶小舟

轻轻漂向长笛如烟如雨的衷诉

但

秋风从进军鼓中挤出

正步向前

你放下手中的弦弓露出了

永恒的惘然

灯光也陡然停止

所有的乐器都沉默了

只有指挥的白手套
凝结在冬天走来的路上

冬天来了一阵紧似一阵地走来了
你开始回忆
手指变化着高低处理好这个大跨度
毕竟的冬天
毕竟的人生
毕竟的爱情

都向往春天吗
黑天鹅缓缓地合拢
没有一点掌声

往者来兮

偷猎者的枪响了
一朵淡蓝色的轻烟浮起了
生命的永恒

森林沉默了
绿色的湖泊里
不再漾起波纹的笑声
一片铁锈红的噩耗
悬挂在白桦林的肩上

禁止射击

从此一切成为盼望
风风雨雨的渴望中
蓝天后飞过了无数只太阳

降落吧

相信森林吧

往昔的点点滴滴

已渗入我沉重的湖底

……

年轮重新走来

一切解释都成为多余

既然相信青春

那么就向往坦然

向往历经痛苦

永远没有背叛的心湖

即使猎枪会重新窥视

悲剧会继续上演

但我们相信坚贞

走向这一小块土地吧

即使正义并不能永远成功

却毕竟有这不易的独立

写信

进院子的时候

转三个弯然后向东一走

就一定会看到你

要么站着要么留下支手杖

丁香树每年只开一次

剩下十一个月的叶子

你便把艳艳的石榴花

插在丁香的枝头

后退三步

脱下老花镜

掏出烟在表盘上敲敲

擦把火深深地吸一口

然后就不再移动目光了

红墙都很老了
地下室的窗口容不下姐姐的儿子
去年我们都回去时
我才发现红墙翻修了

妈妈告诉我
翻修时塌死了你的龙井
从此便没人提红墙了
等明年我们都回去的时候
把路修直
不用再转三个弯
就可以看到你
要么站着
要么只留下支手杖

毕竟的寂寞

走过风暴走过寂寞
走过了太阳布下的栅栏
让所有的眼睛
留在九月的阴雨里
你走向我

属于西风的绵绵秋雨
摧毁了古城的女儿墙
箭楼和瞭望台之外

一个接一个的小水泡
生长又熄灭在开阔地的水洼里

你站在北方的秋天
你说一切都成熟了

你说雨季来了

于是我走向你
铭刻在十月的纪念碑
缔结了古城
向往已久的冬天
走过月亮遗留的和谐
走过风暴我走进了寂寞

秋分

一只年迈的果蝇沉重地落在
那朵开始后退的月季花上
月季厌恶地摇头
美丽的脸庞一瓣一瓣落在雨后
潺潺的小河里
红色的青春和灰色的泥土以及垃圾
默默无声地流向记忆的夏天

夏天真如昙花一现吗
果蝇拉起操纵杆爬到五十米高空
感慨随白露一起流失的水果摊
那时才是英雄的年代
我们一群一群从这里飞翔到那里
绿头蝇整日轰鸣在城市的上空
个体摊贩不屑一顾

国营的也专挑最繁华的　可现在——
一场秋雨一阵凉呐
果蝇认真地瞪大复眼
无力的翅膀收拢　终于停在了
秋意浓浓的草丛里

秋雨又黏糊糊下起来了
英雄的时代就一去不复返

初恋

免去称呼的信纸　却装进
描了三遍姓名的信封
搞不明白
一次偶然的争吵　彼此已
重申了许多次　而每一遍
却要进行更深一步的注释　但
从不查字典
新的内容将是关于细节的细节
同时
尽力避免使用激烈的动词

必然地　在丢进信箱时
双方都想着一件事　是否超重

门，一直虚掩着

誓言背叛了希望

你的心

在一个门槛前徘徊

想看看里边

想进去之后

马上找到心的归宿

但誓言

但如同长城一样的誓言

要求你不要失去

门槛之外的天空

你犹豫了

在一个门槛的前边

你局促不安的手臂

告诉了我

你的心没有封锁线

没有设防的心

最容易占领，也最容易留下创伤

于是我告诉你先不要进去

虽然那儿有许多泊位

但我不知道

哪一个属于你

当誓言的封条不再有效

你坚定地举手敲门的时候

我一定告诉你

门，一直虚掩着

红峡谷

传说中的红峡谷就是这里了

重新紧紧松弛的腰带
手搭凉棚
望去遥远的红峡谷
可是我依然没有相信
虽然手中有地图
还有带路的老猎人
但我就是不能相信
这里的峡谷
就是父亲在梦呓中久久呼唤着的
红
峡
谷

父亲
父亲
这里就是红峡谷了
这里就是你的红峡谷了

这里没有一块红色的岩石
阳坡上生长着茂密的柏树林
不知名的紫色野花
摇曳在清冷的思念里
那个产生红峡谷的冬天
永远流传在飘荡于此的西风里
过往的鸟儿
却不知道这遥远的往事
只有永远离开这里的那个生命
记忆了倒下去的那棵枪
长成的一棵柏树
长成的一片柏树
护卫了传说中的枪的主人

父亲

这

就是

红峡谷了

这里没有一块红色的岩石

丽江之行

呆坐在白水河边的五色石上
看水草和时间一起平缓地流过云后
的雪山
没有印迹

有鱼欲逆流而上
但由于水流的原因停滞不前
我不知道它是否明白
努力的苍白
它亦不知道我是否曾经体会
努力只是一场等待

努力对丽江来说是一种奢侈
八百年的马队敲打
不如你的指尖轻轻一点

速度缓慢但蜂拥而来的游人
妄想着在此治疗别处的失意
其实失意的人遇见失意的人
也只有托腮相望了

因此酒和咖啡
改造了古城旧有的秩序
木炭和牛粪　水塘以及纳西族人
只存在记忆或者遗忘之中
那些午后晒暖的纳西族妇女
像一道偶尔的风景
飘在古老的四方街一晃而过

只有商业是永恒的
因贸易而兴旺的丽江古城
又因贸易而重新发达
在外地人与外地人的讨价声中
他们做着古城的主人

我站起身来

走在夜色中略显暧昧的水岸边

那些木板桥

勾引着我左右为难

2005 年 9 月 7 日

一种态度

惩罚临近时
我选择逃避

没有迎上前去挑战她的冷艳
也没有被动享受强迫的快意
我选择了逃避

我不明白这是不是也算作一种态度
还是纯粹的本能反应
无法呼喊
呼喊之后也没有援兵

那种呼喊之后的杀戮就是告诫

我选择了逃避

我活着

这确定是一种选择

一种生存方式

一种状态

2006 年 5 月 22 日

四十　十四

幸福就这样瞬间消失

爱情的到来亦然

留一尺阳光

刻在我的额前

一半是记忆　一半是警惕

爱情等于浪漫

因此短暂或者夭折

幸福建立于别人的痛苦之上

因此残酷

因此浪漫过于残酷

保质期有限

没有发酵的状态值得留恋

无法珍藏

如果无法过目不忘

就选择放弃

其实懂得放弃才是一种美德

爱情每天都在发生

历朝历代　此时此地

无法参悟的成为千古绝唱

已经表白的正在等待结束

唯有苦难

才能使狂热的人冷静

恢复常态

如过往的人喜怒哀乐生老病死

四十岁的今天

泯灭了十四岁的冲动

2006 年 8 月 11 日

留下
——悼季羡林

留下吧　别远走
让尘封多年的学问书稿远行
你留下

如果你的北大无法挽留
那么就来我远在南方的复旦

如果我的复旦无法挽留
那么就回到你故乡的小学
如果连你故乡的小学也无法挽留
那么就留在
任何一个城市的任何一个街角
找一个避风的路灯
留下
教我哲学

2009 年 7 月 14 日

四月的哲学体验
——非典故事

四月是残酷的

所有的梦想都已成为梦魇

来自你的威胁

打消了我亲热的欲望

天空中飘扬着的是久违的团结

手已不再相握

于是只能说心是近的

恐惧降临的时候

我们都沉浸在幸福的忘怀当晚

那种久违的对于恐惧的体验

骤然来临

没有预演

也没有宣告

在掩盖与躲避的努力失败之后

我们恐惧着恐惧

没有目标

一切都成为目标

我们失败于我们拥有的满怀自信

曾经轻视的游戏规则

在我们成年之后

给了我们最致命的一击

在追逐一切可以追逐的疯狂中

我们占用着

在拥有一切所有之后

我们不得不无处可去

四月是美丽的

天空飘扬着人工合成的气息

预示着我们的胜利还会来临

在不久的五月、六月或者明天……

我们依旧会欢呼

如我们曾经欢呼过的不同体验

恐惧的恐惧也会忘却

像我们曾经经历过的所有恐惧

留在被忘却的纪念里

在四月来临的时候

由这些已稀缺的诗人们把玩

四月终将会过去

留下的我们彼此尊敬的相望里

可以说出的困惑

正有那些代言者在喋喋不休

可以思考的独特体验

也有了嘉宾们的相同版本在坊间流传

我们来自不同的地域和不同的阶层

而那些恐惧却只有一个

只有一个根本的恐惧之源却来自自然

我们追求什么

我们需要什么

我们信奉什么

我们抛弃什么

在这个残酷又美丽的四月里

留给我们的又是什么

2004 年 4 月

百年
——复旦百年校庆

一百年流淌
以一个世纪之初抵达
另一个世纪之初
其中我只占有四年

前不知有哪些来人逝去
只留下极个别作为标榜悬于校门
两旁以示众人
后不知有哪个往者敲门
在你庄重的礼堂前撒欢为以后的演出赚取资本

因偶然飘来
于必然逝去
海上
上海

旦复

复旦

日月光华

远离就意味着背叛

后来

夏蝉把前世留在枣树的躯干上
自己已不知去向
我站在枣树的阴影下面
看一颗颗果实从青涩渐白直至绯红缠身

锣鼓开始敲响的瞬间
故乡从记忆中苏醒
其实记忆也只是传说中的证词
像豫剧评弹和最古老的秦腔梆子
在想象中缠绵以至高亢
中秋圆月高悬在故乡的天外
如一片麻纸顷刻之间就会碎片般散落
一生一世我们有几天可以回来
在苹果树和玉米地的沙沙声响中陶醉
破败如墙的老宅

亲切如陌生人的邻居
或许只有一碗荞面
残留在我们味蕾源处的遗传才能复活
让我们无法走远
让我们可以走远

故乡即他乡
圆月是残钩
那座古桥淹没之后我们才涉水而过
父亲的故乡是后来的一条河流
冲刷泥土留下树木祠堂以及疏远的距离
因此某天的后来
我们才有归来离别以及感情寄托

所有的后来
弥补成历史
淡化了我们的归宿

2014 年 9 月 11 日

太阳海一

并没有因为风暴

而只是如此的寂静

一切期望就安然破灭

很久很久之前的蒲公英喷泉

引诱我

迎风撒去的金色沙粒

闪现了太阳海的秘密

从海洋回归的双桅船

带来了

红色珊瑚礁沉没的噩耗

褐黄色的泥之河

拂去了风笛的袅袅余音

重新举手眺望

飘飞的晕眩

如旗帜般召唤

那一片片惹人的四季花

期待航行

在海与天的分界线上

迷途的和平鸽和太阳一样

预计了四季花又将开放

太阳下边

每一个孩子

都有顶绣着营标的白色太阳帽

走向海

乞求他重新接纳

每一朵四季花

和每一名绣了营标的白色太阳帽

太阳海二

海啸已持续一万亿年
礁石　傍晚的红色防潮林
依旧静静地等

独自蹒跚走过的月亮
述说着月桂
和红色防潮林每天的斧迹
毕竟都已经遥远了
柏树山下的红杉林
竖起了思念着的帆页
于是浓雾掩饰昨夜的明天
举起导航灯般的太阳
迎接吧

凋谢的依旧凋谢

海滩后托起了

哀悼的昔日残阳

庄重的遮阳伞

注视每一个步行者的黑纱

活命的也依旧要求生命

每一盏弱小的蓝色灯焰

渴望生活

升腾的每一片海雾

让所有的船只都拉响汽笛

白色的珊瑚礁

生长着海与岸的渴望

月亮没有离开的时候

太阳已遥遥而来

酒醉之后是一种懒懒的散漫

为什么要喝醉

总有她这样问

为什么要醉

总有自己这样问

这样的问答来来回回已有很多回

很多回之后她们已懒得问

只留下自己每一次醒后

还在自己扪心自问

每次醉后都会有一段时间失去记忆

无法记住

谁是你

心中有那种无法平息的悸动

心中有那种无法平息的悸动
连着午后从茶色玻璃泻入的阳光
不知道过去发生的是否依然存在
却知道风过之后
满街总荡漾着恼心的尘土

小街还是那样吗
你还是那样吗
我走在南方海洋性气候的闹市商业区
一尘不染
像羊齿类植物边发生的那场风景
你一尘不染
那年你只有十九岁
清洁得像新出屉的豆腐
我不忍切割

明白你的感受和我的感受一样
穿过黑暗便会来到恍目的白天
无法掩饰

五月的黄梅雨季

在我们诞生之前的蓝天上
太阳占据了四维空间
只好流浪
在太阳花和向日葵的海洋里

可当你走来
走向我和太阳的时候
我渴望着你
渴望着一个黄梅雨季

苏生的油菜花黄灿灿飘过
阳光逝去的平原
地貌重新起伏
遥迢的公海
拥入我张开的臂膀

于是重新规划版图

公海成为内河

但我们向全世界宣告

这绝不是侵略

这是五月的黄梅雨季里

金灿灿的油菜花

大声喧唤着

丢失已久的太阳

信任的忠诚

一群孤独的云杉树
幻化成天边
那一群漂泊的云
流向北方
凝结成一场早春的寒雨
灌溉荒原的信任

即便是争吵
也决不要沉默
不要默默无语地飘过
渴望的迎春花
梦想稚黄色的枝条
使北方的春天富有层次

一切都为着北方

为着古城苍老的倦容
四千年的回忆
催眠了月季的花期
于是野丁香和迎春花
畏惧拒绝
恐怖法西斯式的倒春寒
王宝钏的寒窑空守
将永远错过
迎春花的旺盛
那么磐石一样的坚贞
将成为石头的眼泪
腐蚀着无字碑的躯体

信任信任吧
忠诚忠诚吧
欺骗欺骗吧
我的北方的胸膛
可以接纳奔来的一切

致南方

随着狂妄的鸣笛和人群的流失

你南方的目光

停在了五千年的沉积岩

用石头敲打石头

塑造的牛的石像

印在你惊讶的瞳仁里

最新的彩色摄影

却永远忽视了

北方的温情

走过北方

遥遥而远视的黄河里

太阳播种了蓝色

即使闭上了眼睛

你也绝不敢相信

冬天的黄河
有属于南方的蔚蓝
我的冬日北方
有暖暖惹人的太阳

海洋一样深远的北方
流过了无数干涸的河床
古钟和雪敲响的时候
你是十九岁的南方

诞生的岁月

既然生来我们就属于这里
那么就信任吧

在堆砌着陌生的假山上
回响着远处笛声的呼唤
走过一辆接着一辆的电车
照醒了沉默的云杉树
枫树早已被告知
这个年代是属于我们的
可是属于我们的这个年代
从没有什么被我们占有

遥远的岁月没有记忆
相信只有我们自己
绿叶卷成的口笛

呜咽了城市多云的天空

石板路转进窄窄的巷子

一扇紧接一扇的黑漆门洞

展示了没有我们的森林童话

可是我们都这样来了啊

都这样相信着

度过所有没有相信的日子

那些不该问候的笑容

消失在一次偶然的专注里

设计了许多完成的璧合

都因为潮水的涨落

停留在永远的时刻

应该遗忘的都已经遗忘了

应该记忆的都已埋在了心底

我们的忠诚

也因为这诞生的岁月

交付给一次又一次点燃的红色蜡烛

毕竟这里的一切都属于我们

即使风筝飞翔的天空上

图腾一样的铅色浮云

隐瞒了海蓝色的少年梦想

但阳光将重新开放

那一片朝阳的田地上

已不再只有一朵

注视我们的太阳花

再一次点燃庄严的红色蜡烛

月亮缓缓走来

所有相信的日子

都又随诞生的默许

降落在这个世界和这个夜晚

北方书

悲观是错误的。从来都一样

那些多梦时节里脆脆的拔节声响

弥漫了橘红色的城市节灯

因立交桥仍然缺乏

你总是微蹙眉头

往昔激动的岁月

白色贝壳和古琉璃瓦的烁烁目光

都促使高原蓝晶晶的天空

没有一丝回忆是真的

不再去触动关于南方梅雨的音乐

丝竹和清清爽爽的梧桐树

产生凤凰的传说

你一定是雨中的那把伞那棵树

那盏路灯那一片闪亮的水洼那一道目光

那一次相向无语　那一回记忆里的鸽子花

是的，一定是的　你仍然努力忘却　依然永远铭记

一长段一长段思绪随季节风飘下

我们都读过那本破旧残缺的历史书

你说你不愿回头　一车身兵马俑便

从此离你远去　还有冬天　还有温暖　还有风暴

会感到无望的

过后

流失

我们同时抵达目的地
不过你在彼岸　我在此岸
时光闪烁着流过
我们彼此失去　相对无言
终于相逢
有无数个失望与寻求的日子
为我做证
誓言也成为：
从此不再失去你　于是
我开始用一切理由为你辩护
你也从不安走向坦然
渐渐地
时间为你显露了我的无能
面对这个鲜活的城市
我变得苍白

誓言也成为空间

那些珍藏着的日子　失望与寻求的日子

直到今天才开始流逝

1988 年 2 月 9 日

端午节

吃粽子戴香包的人又多起来
还有龙舟
从汨罗直赛进维多利亚湾
自然奖金的数额多于你的忧愁
你是谁
五月五这天到来时
你自己问你自己

端起汽沫的琥珀色啤酒
洒在倾叙的月色里
没有办法
城里已寻不着你喜爱的米酒
还有桂花
可母亲总记着买一把苦艾
悬在进出的门框避邪驱恶

我开始说你

说你永不能涅槃

说你那任何时代都孤僻的格言

于是从今夜起

我们都忘却这个节日

你在这天已无意义

我在这天只能念你

1987 年 6 月 8 日

白纸

用左手
在看报的时候
画出春暖花开后女人的心情
我们都装作无意
谈及某某某某某
清高　且自私

话和过期的报纸
堆积在开水票　印泥　尘埃
和上次会议带回的空易拉罐旁
当然激动的因素还是有的
你写的讲话稿用了
其实我知道这违背初衷

揉作一团
又揉作一团

情绪的情绪

总是在情节躁动平息后
音乐才悄然地安详升起
似无言的叙述
那个初夏所发生的故事

长号开始用浑厚的重声
隔开人生
不再去经历
那一声遥迢的男生低音
久久围绕我们徐徐凝结
所有曾热心留意的枫叶
散落在风琴迷乱的插曲里

咖啡已经冰凉
歌手已经放下掌中的话筒

他在说话

但冬天已进入尾声

终于你不再思想

音乐便隔着白天的往事

安详地逝去

不再为所有的叙述

1987 年 1 月 8 日

二十四岁末致友人

残缺地拥有开始残缺的世界

枫树也不再泛红

相约十八岁那年的诺言

都没有兑现

都没有兑现吗

兑现的只是古书里说多的

人约黄昏后

1986 年 12 月 22 日

没有故事

为一场雪和雪同在的态度
归回长安
门依旧
无数游客抚亮了黄铜门环
并且敲落红漆
斑驳在干旱的尘土中消失

因为熟悉
失去美感的秦俑便成为负担
为每一位慕名的朋友充当解说
遗留的疲惫产生失望
还是无雪
天空弥漫灰色的云幢
从南方归来不为灯节

没有故事

为写而磨亮的那支笔

开始枯萎

1987 年 2 月 24 日

永恒的石像

你极安详
生前从没有像现在
即使在濑户内海的那边
你也只具有愤怒

还是在复旦读书的时候
那个四月初来多雨的季节
我走进虹口公园
在一个僻静的背阴处
看见你
坐在我们给你的位置上
雨顺着头发流下
打湿衣服和你的眼睛
我一片朦胧

想象你胸前的阳光

想象你的笑容和身后众多的花束

可永远都不多见

婚约

一种自由
和另一种自由
在结合的喘息声中
签署契约

不再流落街头
便不需要思想
死亡总要提前微笑
面对红色证书
我们静坐桌前
自由便开始枯萎

素描

从教室里出来散步走向书店
没有书也没有钱走向图书馆
然后食堂然后睡觉做一个关于
考试考出油来的梦

每天　太阳起来得很早　我们
也起来得很早　如果天下雨
地上湿　我们就可以多睡一会儿
不用去担心壮观的广播操
而就多睡了这么十分钟　我们也好像
做了非常坏的事情　于是低头
匆匆地洗脸匆匆地吃饭然后
匆匆地读外语一直到铃声四起

偶尔　我们会抽空看一场电影　但总是现场

去买　　所以每一次我们都是沮丧地出来

相互大骂一顿演员或者导演浪费了几十万

张钞票　　浪费了我们每人一个半小时

再下来是整整一年的时间　　我们可以看多少书

做多少道习题　　设计多少个程序而不用

说在这一年内工农业总产值也应该增长

百分之十一点三还多

不知不觉地我们做着习题骂着导演

不知不觉地我们的骨架长熟了　　我们

懂得了感情　　懂得了中国的大学生只有

总人口的百分之四　　于是许多人开始沉默地思考

沉默地为自己为国家设计着未来

可每天仍没有时间听音乐没有时间做题

就这样我们紧紧张张地长大了　　盼望着

四年或者五年之后的分别　　盼望着红色的

纪念册　　盼望着能分到一个不论再远只要

能用得上我们的地方　　我们就会很高兴地

干一辈子　　仍像现在这样没有时间

做习题　　也没有时间看电影

但我们乐意

在这个城市里　你有父亲母亲叔叔婶子舅舅妗子

一切完备的亲情之网都早已缔结

每年的大年三十你都会得到数目不等的红纸包

你都要跪下来磕几个拜年祝福的头

二十好几年了　你因为走亲戚和寻找亲戚

跑遍了这个城市的所有街巷

你从小学开始　然后中学　然后大学　以及将来毕业后的同事

固定在你熟识的洋槐树掩着的黑门楼里

偶尔骑车走过北马道巷或者安定门的街牌后

你会忽然想起小学荣老师还有马面班长的家

就在这里

可是现在你没有一个地方可以去　因为你病了

因为你说病了便什么地方都让你讨厌

你努力不让自己激动起来

你想到第一次看到苹果花的情景

这是第一次也就是那么一次　你和过去的恋人

在被污染的黑水河边上散步

太阳落下去了

太白山影子里枞树林的苍茫景致感染了你和她

这是你们第一次独自正式出来

按照习俗也就是说你们不能再变了

你跳过荒芜一冬的土黑色稻根

她跑着追上来　你们在黄昏的暮霭中拥抱接吻了

这是第一次你发誓说永远爱她　因为这是初恋

因为你感受到了她薄薄的毛衣下凸起的乳房

后来你们手挽着手走上夕阳铺洒的小路

就在那座土墙围着的农家小院里

你第一次看到了苹果花

白色娇弱带着淡蓝花蕊的苹果花

弥漫着清冷中略有醉意的香气

但是后来你们还是分手了　那天在城市的边缘

她问你还记得苹果树吗

你说记得永远刻骨铭心地记着那一天

因为这是你吃了好多年苹果第一次看到生长它的花朵

她失望了其实你早已失望了

你就那么一次感到她像苹果花一样

可是你至今都没有明白为什么你们分手后

会牵扯到那么多眼睛放射出异彩的光芒

你知道你没病可是那么多人都说你有病

于是你只好默认了好意

静静掏出纸用铅笔涂些符号或者笔画

不想用钢笔写从来都不会引起惊异

在这个城市里你不再会激动

一切都熟识如同九月总有西风伴雨而来

在这方圆几十里内有塔有河生长苹果树的地方

你却忽然发现你会感到冰冷

就像那个冬天你一觉醒来的世界

覆盖了白色

你感到一切正开始陌生

白纸无语

阻挠某一种心思如夜色涌出

长坐桌前

窗棂上印出夕阳的塑像

因此

心田淀积过多的脚印

已防止了意外

但形成的火

燃烧使脸色和责任成为惨白

掩埋白色

让缓缓燃起的火渐渐熄灭

我采摘文字

组成共同的表白

这需要时间——你让我走

培养森林

引逼近的清泉渐渐充实

我已走过风暴

竖起共同的界碑

这是唯一的——你让我走

还有什么

能够重新连接失去的思想

你说是事实

那就是事实吧

你让我走——这是出路，一切的

帆

出发的目的就是归航
锚泊的渴望就是遇难
难于幸免的命运
总是把苦难的贞节牌坊
立在渐渐寂寞的渔村里

马

沿桑吉措湖跑开倒映的雪峰
蹄后翻飞的草皮遗落了
你归于安详
蝴蝶在追随你几步之后
也停在草叶上睡回笼觉

养珠船

谁都明了收获的喜悦
谁都不明白爱是一种痛苦
谁都相信珍珠的晶莹
谁都不知道你有一种空虚
谁都一样

末班车没有来

"几点了？"

"十一点四十七。"

"过了三分钟。"

沉默。

"现在呢？"

"十二点整。"

"完了，不会来了。"

"我们走吧。"

"我们？我不认识你。"

沉默。

"我也不认识你。但

我相信你。"

"走吧。"

夜幕掩饰了你惊恐的声音

你不知所措的手指
漫无目标地转动
我胸前第二只圆纽扣

谁都不是目的
从遥远回忆里的白杨树
到如雪崩一样的跌落的啤酒沫
琥珀色的五星啤酒
即使冰镇
即使掺入多味果子露
也不会失去
我们永远不喜欢的苦涩

于是我寻找你就如同你寻找我
过去已散落在三岔口

偶然的一瞬间

今天也如同

天在七点一刻下雨必然

使我们相遇

使你惊恐地转动我

胸前的龟形有机玻璃

而不必踮起脚尖焦灼地扬起眉头

一切都是手段

时间与空间把母亲缩小

把所有的形式

有机地填进内容

即使是夜

也都偶然地遵循规律

而我们永远达到不了目的

就算你从我鲜亮的瞳仁里

找到了你

却看不到

我可悲的视网膜已开始剥落

那个命里注定是属于你的陌生男子

连你也不知道

你们的命运会不会联袂如

水晶体一样不可剥夺

而我在这里

在三岔口任意一条道路

遇到了你

我不能保证

通往未来的公路网

会否再把我们转入没有极限的魔方

你或我会不会重新背叛

我们修订的概念

如果手段也有目的

那么就让我们达到第一个点

不用寻找

只要你不再迎我而来

我们就会达到

但我绝不是预言

因为历史

永远是偶然地上映

1984 年 5 月 2 日

房

墙

六千年之前的浐水边
一个狡猾如绵鱼的半坡男人
在捕捉皮围裙上一只肥大的跳蚤时
发明了墙

于是人类因此而有了安全
隐私
羞涩感
虚伪
私有制以及孤独

墙带来了灯的发明
也形成了白天开灯的习惯

许多假面舞会

开始在灯火通明中举行
厕所也随着兴起

于是有了门

门

一堵堵规定空旷的墙
形成一个又一个黑色门楼
表明家境和拒绝闲杂进入
隐讳的心迹
在门前的照壁上形成礼貌
悬挂在颤抖着的黄铜环上

门是最妙的
当铜环拍响以及音乐铃奏起
主人会有足够的条件
堆砌笑容

但门总是要敞开的
许多属于不便相传的家丑和内部消息
便得不到保护
门缝里窥视邻家的行动
也容易引起之后的指桑骂槐

父亲很聪明
他发明了窗户并糊上了白纸

窗

我们自然青出于蓝而胜于蓝
发明了玻璃窗之后
又拉上了墨绿色丝绒窗帘
捂白了皮肤
形成现代美的血色

习惯了隔着玻璃
观察别人和被别人观察
于是我们开始戴眼镜并且近视

我们怕风眯着眼睛

怕冬雾和雨

怕

……

于是

人

我们真的成人了

我们不再与仇人持枪相持

我们学会了握手

皮手套和尼龙手套握近了整个世界

然后扔掉

冬天房子里需要暖气

夏天我们忍受不了天气

我们寻找我们

黄山庐山华山峨眉山便成了人生

我们依旧寻找我们

寻找自己

最后我们渴望对手

鼠

因为我们有房子　安逸和孤独以及一切

我们不得不

开始对话

夕阳
——写给父亲

准六点　你提着工具袋跨进门槛
坐在吱吱叫的竹椅上　母亲端来
温水　拿走了你手中的工具袋

小桌搬到你面前　母亲端出那盅
二锅头和那盘油炸花生米　如果
你高兴还会用筷子头
沾一点酒塞进小外孙的嘴里
惹得他龇牙咧嘴　惹得你嘿嘿嘿

港湾
——写给母亲

你用无声的旗语召唤我
你用担心的信号告诫我
可我从不听话
每一次返航
都要给你带回痛苦

你总是如此安详
归来的桅樯如森林般
遮掩了你略显苍白的天空

海鸟等待着
把每一声鸣叫留给下一次航班
被海水浸腐的船舷
被海风撕碎的帆页
以及被挣扎折磨的信念

都在你微微摇曳的哀怨中

得到康复

每一次归来都会使我重新鼓起

再一次出发的信念

走向古城

一

落日辉煌地掠过钟楼

迅速逝去的西天彩绘

衬托着金顶的庄严

钟楼的悠扬钟声

只在三百年前的清晨

荡漾着西大街走街串巷的小担

而现在

只有想象暮色苍茫中

有一只油亮的木槌

敲打着古城的时间

敲打着一声高过一声的历史

虽然你不停地竖起广告牌

竖起为了炫耀的十四层饭店

虽然古城的远景规划图里

也将重新开设唐街

发掘唐朝歌舞升天

但谁也逃脱不了历史

传说中的神奇面孔

永远改变不了

古旧灰黄的基本色调

即使那些友好的外国游客

再三夸大地称颂你

说只有你

才是中国以至于东方文化的骄傲

可是我

却梦想终有一天要改变你的遗迹

但绝不是重建兵马俑阿房宫

二

我离开你干涸的冬日土地

走向南方

虽然我有倾国的碑林

有三百块石碑刻成的孔丘论语

有世界闻名的半坡文化

但我还是选择了出走

竖起旧军大衣的领子

古老的钟声回荡在汽笛的间歇处

还有她

用担忧的眼睛监视我的心跳

我扭头甩开这一切

毅然告别古城两千年的荣耀

从此过去了三年

过去了一千零十五个黑夜与白天

她的信也因为六个假期

停在了夏天的炎热里

我痛恨我自己啊

为什么不能给她这么一小块绿荫

虽然我有这个愿望

也有这个能力

但是我不想告诉她
只想用自己的理解
来理解她的理解

可是古城啊
你理解我出走的原因吗
你难道也会和我的父亲同学一样
埋怨我的无情
我多么希望你和我的老师一样
用心灵的挚爱抚平我心底的痛苦
古城，我离开你
是因为我从心里
从那些只会赞叹你的古朴遗风的
游客目光里
从那一群强悍的兵马俑将士
压抑的表情里
感到了你久远的文化带来的
深重的惰性
感到明朝建筑的四四方方的城墙
带给我们思想上枷锁

你完整的护城河

保卫了和平

也拒绝了一切友好的来往

古城，在你的怀抱里

我呼吸着你的空气

请相信我吧，古城

我决不会背叛你的历史

可是古城

我也决不会满足你的昨天

三

古城啊，你理解我了吧

但是，当我理解了你之后

她却在你不常有的春雨里

真正地离我远去了

大雁塔的庄重

消失在渐渐泛绿的树影里

面对黄昏的终南山脉

我低眉无语

古城，难道离别真的会使人忘却过去吗

可是为什么现在

还有这么多歌颂吟唱你的古迹修复呢

为什么现在

还要使历史的分离破镜重圆呢

古城，在这个平平常常的黑夜里

我默默走在你宽阔的城墙上

月亮从东南方升起

御敌的箭楼

留下了一个黑漆漆的剪影

我又要离你远去了

我多么希望你辽远的钟声

清脆地回响在

这静谧的夜晚

小时候跟随走街货郎的梆声

今天又清晰地回忆起来

古城，我要走了

我要走了，古城

我的心

将永远无法把你忘怀

1985 年 6 月 2 日

清明长安夜

一切求助都是无望
雨后在古城被称为四府的街巷里
你乘车马过
中槐显露黑色的枝干
清明将至
民谚说春雨如油
但今春的雨水已成为灾难

不知从何时开始
卖纸钱的叫卖声又重新流行
一种寄托和一种无奈
被世俗社会同化

春天已来临
干燥的气候变得爽朗

可你依然胸闷

大概躯体也逐渐明白了

人不再属于自然

人开始成全社会

1987 年 4 月 1 日

日子

一

你想成为英雄。那些日子
他们也这样说。萍萍尤其认真
下雨时她捧着你的手
在生命线和爱情线寻找依据
天才是与生俱来的
22、28、33 形成的临界度
没有你的余地

你自以为是返回故里
假若忘了家谱和志书
你会洒脱地厕身于闹市的红灯里
幸福无比，如现在和你说起的
可是你记着。因此便命中注定

你被黄土掩埋

人们都在封住大门，钥匙丢了

再买，但无用

时间已过去了许多，灯到街头

你已归来，可依旧流浪

已不再漂泊，却永不能归来

二

稳住冬天的气温。煤不紧张

可室温永远像菊花

在北方很难找到第二间房子

与你一样　在零度左右哈手握笔

埋头于南方五月许下的谎言

果真老了

才思枯萎如菊花霜打般

人们的脸也极严酷

你为什么回来　柔和的灯光如磐石

每天晚间的梦都有逃避

可每天早晨醒来总继续生活
你并没有估计到未来
你每每叙述时老练的样子
只是因为幼稚
固守谎言　你才拥有责任
很多人已不再像你
你很惋惜
为什么选择了却不能负责
永远都是初恋
一套想法中的家具
总是构成了又构成
因此她比妻子们还痛苦
长夜偎梦　没有人系住灯绳

三

梦只是梦不是其他
你环顾四周　鲁迅和他的全集
陈列在书架最显眼的地方

大部分人是为了表白自己

你是为着自己的谎言

可你越来越发现强者骄横

而显得无知

弱者还残延自得其乐

那些你曾崇拜的家伙

因为贴近了便显得卑微

传说中大禹和他的儿女消失了

在黄河壶口瀑布中

你发现了

只会为一点小事得意或者悲伤

曾经赞美的让少女诗友痛哭流涕的古城黄昏

开始让你厌倦

汽笛和尘埃凝固在天空成为栅栏

如果你是太阳

便不再光临这个城市

四

他们都走。上司嫉才如仇
从秦汉唐之后这里便开始长安
没有风波

阿夏要离开了
从小玩尿泥后来喝酒猜谜
只因为他懂日语
有一个女孩因战争留下又离开
于是阿夏也去
他把房子给你但你找不找钥匙
在机场应当哭不让他内疚
可你不能　　路灯照亮他爷爷临终之景：
这老房子是祖业
还有战争也让你对他去的地方厌恶
别人都摇着手说再见
只有你不看阿夏
想着四年大学没白上　　又一个躯体被风吹起

1987 年 12 月 19 日

时刻一

兵马俑不再会背叛你
渭水北岸的东汉石刻
静卧于夕阳抹过少陵塬的瞬间
你站在灵气逼人的华山前
像一颗自生自灭的苦艾草
探视般感叹黄河
流过广袤的黄土高原所刻画的痕迹
这时候你不再渴望

守候你浑黄的渭水
失落所有你读过的书名
及朋友们留在雨后的通信地址
你目不转睛
在视野的极限唯有潼关
但你知道
潼关之峡便是黄河向东

时刻二

太阳顶头时拍下的镜头

模糊了你的微笑与态度

中国槐稀疏的枝叶

思考着眼下滚烫的石砌大坝

你目不转睛

跨过河时偶然回头

视野的极限里唯有五丈塬为背景

或许你会想读那本历史书时的怦动

那是冬天的那个下午

太阳少见地暖暖地拂动微风

教授苍老浑厚的声音

把你带到了这片广袤的神奇平原

脑海中随音节的转换

形成了你关于这块土地的种种传说

这时你来了。庄稼绿得使你难过
想象中的遗址应该是古风熏香
民间流传着听也听不完的遥远的歌谣
像那把鄂尔多斯草原的马头琴
那次湘西边城的茶楼忆旧

一切都失落得太遥远。五千年
只夹在你合起那本书的那个时刻

1986 年 11 月 22 日

北方

一

我又一次回归于你
在这冰天雪地
太阳从遥远的夏天而来
在我们相识的雨夜里
第一次
我注目你
如同
秋夜一览无余的月色皎洁
但这一次
却永远不再是回忆
不再是十五潮涨般的思念
不再是寻求解脱的递增渴望
空旷疏朗的高原上

你会记着我抒写的喧嚣的呼喊

你回应的谷地里一声漫过一声

那缕青丝那一段意味的目光那从此不再熄灭的火

把你又一次地回归于我

二

不再遗忘每一个七月流火

干涸的河床里

盛开着零乱的苦艾花

随风摇曳的白色苇絮

没有了你充满生机的笑声

鸽子不再飞跃河谷

那一只想象的船

从此搁浅在礁石嶙峋的主航线

欲望因此灭绝

乌云铺天而来的隆隆炮声

抑制了骚动的生长

这是七月流火大

这是七月十七日的下午四点半
暴雨要痛快淋漓而落的前夕
你却担心你想象中的那只船
会失去那个你不愿失去的舵手
七月流火
过了便是秋雨绵绵河水滂沱

三

黑水河开始泛滥
对岸便是你向往已久的永济寺
三年前无雪的冬日
土地冽
白杨树孤单单沉思自己的影子
你站在河岸
阳光在惨白的冰面上
巡视不归
寺门上一把黄铜挂锁
拒绝了你对历史的期望

于是到了昨天

在秋高气爽雁南飞的好日子里

你站在我面前

男人的气息晕眩了你

如同黑水河冰面折来的阳光

你才明白了

你不敢一个人走过河面

孤独地走向永济寺

传说中

一尊年代久远的镏金塑像

被尘土封闭

四

歌声流畅

歌声是流浪者安眠的神曲

在燃着烛光的小屋里

在我视野的大自然上

萦绕着未卅米的茂密森林

一切都寂然静听

原野上的那头小鹿

不再警惕地防备人类

一切都因为你而微笑

而宽容地接纳内心持久的激动

五

娓娓叙来的是女性似水的柔情

清波漪涟

飘洒的杨花随波逐流

女人最容易变幻

或许就是你冬日冰层下

蠕动着的温暖

只停留在我倾于你的一腔热血

树开始生根

枝头在冬天里冒出繁盛的叶子

寒风的吻便是摧残

于是书本开始研讨策略

如何使伤口难于弥合

没有发明

但人类在满足后便隐约着这个欲望

六

心静如秋水

浩掠与失望接踵而逝

走在落满你眼睛的路上

我不再提防谨慎

风吹起亿万年前的黄土高原

沉淀成你永远合不上的睫毛

杨树和中国槐肃立两旁

遥远的河谷总在回荡

你牧羊童悠久而孤独的叶笛

我能够提醒什么

忠告生活总是欺骗弱者

感情真挚便只会被人利用

但霜打之后开放的只有菊花
六月雪也只寻找夏天
一切都例外地汇集一起
我离开衣服
秋水如心　静若秋水

七

走过地衣蔓延的山间小路
那时林子里栖歇着蓝尾鸟
满足与空虚的生活交错
鼓舞了我畸形的期望狼烟
报告心已死的平安信
报告灵魂继续游荡在你
浩渺的水面　坦然的平原
一排夕阳中飒然的白杨树

一切都无法摆脱
长治久安的理想王朝

在这场罕见的春雨里

苏醒了关于你的生长

夜阑的星空明亮

海涛下的萤火群

诱使久旱的重山呼喊解放

锈色斑斓的枷锁

锁不住关山春色出墙的红杏

为什么天仍旧是你的山仍旧是你的

空气也依然充满你的气息

我无论走在哪里

都一贯地保持着你熟悉的生活姿态

八

山岩情愿袒护女人一样的溪水

那些晴朗和阴沉的白天

你渴望黑夜带来

骚动与无私的抚爱过后的宁静

你安详得坦然
潜意识中离不开那颗烟头
一明一暗象征了拥有
以及生命的航程

一切便离开虚荣的广场
让太阳快活地照耀我们
河水里你俨然美人鱼
注视墙角晃动的烛光
那是圣地之上的熊熊圣火
燃尽以往所有的距离

总是黑暗才能体现光明
总是男人才能理解女人
总是南方才能体会北方
总是北方才能成为北方

二月的悲哀

梅花在江南的温暖中盛开

时节的气数尽了

可渤海湾依旧封杀

陕北高原驰骋蜡象

在二月的中国里

一切温暖都预示寒冷

梅花凋零

遥远的海上无一只船朝你驶来

1987 年 2 月 28 日

青色城砖

谁也挽救不了
我已开始变得冷漠
让黄土随河流归去
我滞留于城中
和那些无口粮的一起
被城里人接受
和城里人冷漠

1987 年 2 月 28 日

雕像

雕刻家石匠搬运工回家了

回到黑暗

补偿这两个月的损失

留你一人在闹市的孤寂拉琴

琴声像灯光

感染了锁住的铁栅　和

那只大理石的白鸽

落在你的脚下咕咕地哭泣

你在拉琴　每天

总有二十四小时你没有知音

1987 年 2 月 27 日

117

蓝黑墨水

四年大学你唯一持之以恒的是什么？用蓝黑墨水。

——题记

一

用十七年的数学作业制造渡轮

从没有人泅水而过

你自然用显微镜无法预测

我上岸之后

第一个寻找的会是渔村

把所有的铱金笔做成栅栏

很累

躺在废弃的渔网上

太阳眯起眼睛也不再相识

那些造好的玻璃房子

围住我们
隐私和仙人掌开花一样公开
我便学会英语
用手感叙述爱情
有一个人懂
所有的居民便开始懂得同一内容

二

搜刮父母脸上的笑容
贴八分邮票按普通印刷品
穿过冬天买一包泳装的夏天

其实是显示了沙漠
我频繁进出收款机
堆积固定她的资本
当然总是挑精装的贴在身上
这时我当然还不知道
书是一种死亡工具

与通知单一起
邮到中学老师的手里

努力是会有效的
摆脱父母生活的空间
唯有的标志
只是她的泳装和我的书架
做未来的陪葬

三

梅雨季节来的时候
她有了月经
因此情绪紊乱之极

站在窗口我陪着　她是病人
那天太阳也不明白
挂在楼群的牙齿后边
结不出往日的果子

怀念凡·高说了好多的太阳

可我们总动不起来

即使没人

即使在春末夏初

可能是城市污染

翻阅传统文化文集之后

我告诉阿崔

阿敏便替我传达

所以梅雨结束的时候

她来信画了湛蓝的天空表示结束

我不感到庆幸也没有沮丧

我这时总一个人散步

法国梧桐下着雨滴

路上没有人

他们都从事我过去的动作

听音乐也是这时开始的

寻找一切可以寄托

走在废弃的铁路上

我总是很放心地走着

沿油菜花满满的铁路走着

梦想走出去

可他们都说明明不行

虽然都说明明不行

但我想只要我持之以恒如我的蓝黑墨水

1987 年 6 月 4 日

运七·十一月

上升时我狠劲堵住喉咙

淡蓝色舷窗下汉江在江鸥的影子里

自由地绕成白色带子

迎风飞舞于秦岭的两鬓与肩头

褒河水库和大大小小的蓄水池

像你发怒后打碎的镜子

照不见人

只有太阳在出色地表现自我

秦岭依旧郁郁葱葱

佛平保护区在暗绿的森林里

躲藏得不露一丝痕迹

白雪过早地染上你的头顶

冬天那些可爱熊猫是不是

又将遇到箭竹盛开出米色的花朵

依旧在上升

有人开始闭眼等待呕吐

你自然不会明白人已变得虚弱

但我仍然贪婪地注视你的大山中

那些将被雪封锁的村庄里

有一顶红色的轿子抬出

一位掩面哭泣的新嫁娘

四十三分钟之后

秦岭骤然截断情丝

峭壁掩护气流

鼓励着为她殉情

我悄然自语

这儿没有一个值得你哭泣

安然翱翔在棋盘一样的关中平原

血液正常

我打开当日晚报

城里正在上映《家庭风波》

1986 年 11 月 13 日

致 W

时间终于和桦树皮一起剥落

斑驳的月色

遗照于火车离开后空寂的月台

我记着告诉过你

火车鸣笛进台时下着暴雨

我迎前所见的

只有车长捎来的共写的字号

标志是什么

一起赞颂之后

阳光如手术刀锋利地切割

大江南北

你的塔钟依然空灵地响着

但回声却不再漾出寺门

至于重新回归北方

在秦俑像前我翻遍书页

可再没有发现名字

这么说你又沉默了

像从前的从前那些唯心的哲学家

1986 年 11 月 23 日

时间

因为有一个终极在冥灭之中等待

路便显得短促

景物随意而过

容不得更多的选择

我们便从中挑出喜欢或者厌恶

留在两旁

成为后来的崇拜或石碑

从前我们还关心天空

尝试飞鸟之翼载我跨越河流

漂泊

流落

但后来有了房屋或者墓地

路等便受了冷落

终极的冥冥就显得宽容

景物更被忽视

所以我们又有了城市

阳光每天每天照耀

我发现我们每天只配做我们自己

1988 年 8 月 11 日

感受之十三

当一切都以奢侈为标准
自由便只是一种现象
一种虚构
和一种奢侈

渴望结局而省略过程
条件复加条件
目标便是诱惑
出卖个性
得到的并不是共性
而愚昧成为一种交换
附加于每一寸空气
成为标志

这就是我和我

坐在正午的窗前
听一段时光滑过栅栏
只要不睡午觉时
就会有感情流露
但妻子

只要有感情流露
就会不睡午觉

1988 年 8 月 17 日

白纸无语

阻挠某一种心思如夜色涌出

留在我的脸上

就像目前的民主　与农业

显得苍白和造作

长坐桌前　静坐长夜

钢筋焊成的窗棂

印不出血滴石穿

因此

心田淀积了过多的无妄

掩盖着意外

和偶然的　大醉

或许只有不远处小巷里的脚步

在阴霾的九月秋风中

迎接着多雨的长安之夜

明白了流传着的流言

不似怀抱中的民谣吉他

也明白了手中的笔

只是一种练习　和一种游戏

1988 年 9 月 5 日

梦呓之七

你们从哪来
是谁的后裔
为什么喋喋不休
莫名其妙妄图做我的老师

我已欲哭无泪
用剪刀修剪指甲
成为工作时间的唯一嗜好
只要别动气
只要不动声色
血就会浓缩
呈悬浮状流动于城市
剔牙
百无聊赖或者无以名状时
你就结婚

成百年之好

别急
开会是解决生计的唯一出路

1988 年 9 月 12 日

致司马迁老乡

高山仰止
于是你葬于黄河岸边
是腐刑
所以才投笔溅出《史记》
假若是我
早就无言于人
获得满门抄斩
子孙们同姓了冯

祠堂和皇帝儿的宫都塌了
只有《史记》
告诉我悲剧的精神
是悲怆
更是涅槃前的意气风发

1989 年 9 月 20 日

135

无题时节

重新明白海不是蓝的
重新理解船工号子充满苦难
重新开始人生
重新感到悲壮总是迫不得已

拉开通向冬天的窗口
但为什么总是在渴望的同时
怀念初夏时分的温情
在动荡与乞求和平的夜里
却会珍视空洞的安宁

只不用激动
不要渴望
也不问为什么海是蓝的
你活着吧

像父亲要求的那样

直至安歇

自然启示录

在地球村里
只有人类是最笨拙的孤儿
燧石取火之后
断掉许多朋友的香火
便只能与鸡猪之流相安

我们没有优点
因此更谈不上缺陷
总是用某种性格得以把持
也总以这种特征被重新否定

一切都成为经历
在村里我们开始微笑
但要所有的邻居相信
还要一段光年

一切都是经历

归根结底看我们的心情

书

打开一扇门

冬天的风与春天的风

同时吹进

往里走

白骨和陵墓散乱一地

兵器和酒杯散落一地

女人和孩子散弃一地

在慌乱与失望之后

你发现这片土地

原来是许多的墓志铭

组成的碑林　且无人看管

1987 年 12 月 26 日

无题

迎着灯从尚德门走来
没有吊桥和更夫
在十步以外你面目皆非
仅从姿态判断是你
是你走来
但不会注意我
失之交臂时你偶然扭头
我看你时
你不再会注意我
在古城所有的男人中间
我已被湮没
仅剩过去在目中流连

手相

单调乏味的旅途在熟视无睹的北方冬季
开始了枯黄色的情景转换

渴望雨季
枯槁的黄土塬上流连着
隐约的酸枣丛的无奈
像我的父亲和母亲们
扎扎实实地用整天的光景
从土窑里走到县城
满鞋的黄灰扬起满路的黄尘
落入父亲们圆睁的眼里
母亲们掩饰的两胸之间
那是我渴望了整个少年时代的幸福
像后来的大学和后来的新婚

心诚则灵

没有官运　生命线长的含义是：

活尸

有个女人爱你，但不知身在何处……

在开往南方的列车上

我们调笑着跨过故乡

想象（或妄想症）

拿英雄笔的我便是英雄
在流行粉红的街肆里充满了性的花朵
没有开放
氤氲的金线逃脱了我们的办公楼
家属院里那些黑色中山装们
发愁从农转非而来的婆娘
依然像牲口一样能吃

他们无权　放肆地谈论女人之后
就变作下贱的鼠辈无所作为
想象有人敲门
用金钱拍打正义的铜环
呈惊讶状
但笑纳之后又心事重重
我们北方的汉子就是这样

诚实得像山一样的愚昧
又夹杂着一星点狡猾

翻修倒塌的寺庙
重建豪华的宾馆
其实都一样——
证实过去的无奈和今日的疯狂

白日梦

如果不描述

那么什么都神秘　不可知

像从前的兵马俑　今日的法门寺

推开石门或者铜门或者楠木门

吱呀声不绝于耳

向里走时

地宫停电

蜡烛摇曳着　但无风

胸口发木

香火极盛

许多生灵燃着诚实

蒲团一个紧贴一个

像那些夜幕下紧贴的情人　显得卑琐

无奈

前行复前行

天国的指南书也议价出售

我努力睁眼

想看清天的狰狞地的安详

但只有新近的情人

暧昧地走来

置手于我的下腹

重复动物世界和那些教科片

我只有被动的诱惑

作用于心灵

天开始放晴

阳光灿烂从玻璃窗漏进

许多人在窗外调笑

下流地吐口水扔石头

但我依然无法醒来

是因为那一瞬间我已死去活来

这是公元一九八九年春天的一个下午

阳光充沛

我因公赴宴之后

在宾馆的席梦思床上

无标题之一

拉上窗帘之后

屋里唯一的生物便是水仙

恣情肆意

疯长成荒草

像小时候的我无人照料

点燃纸烟

看女儿熟睡的样子

在墙上向我微笑

缓解我一天的无奈

这个时候

只有我知道

窗外交悬着那颗疲惫的月亮

1990 年 1 月 13 日

月亮

天伫立龙首塬的空旷里
抬头望你
在杨树叶落尽的苍茫景致上
你情朗朗无半线牵挂
我们谈及命运
说如你总圆总缺

骑车回城
在建筑工地骤然通亮的空中
你被人类掩盖
我想此刻的你
定如朱天子在明朝时画的人
正被天狗偷偷吞噬

星期三

把他们的来信丢进干涸的痰盂
掏出情人购置的打火机
点燃
狂突着浓烟
以后转化为火
燃尽他们寄来的信纸和期待

还有一个月就要成为父亲
还有两个月就已毕业三年
坐在空洞无人的办公室
我面对窗外的阳光
心静如水　力已全无

那种面对人生微笑的姿态
经过那么多的星期二之后

显得苍白

显得面对什么都痛苦万状

烟没有散尽

留在办公室上空像一层乌云

像一种宿命

预示着那些诺言和勇气

预示着我和这种人

都必须选择无奈

习惯了每星期三学习时的空洞

在四点半后他们提前买菜

接孩子

回家做饭

只有我一人

继续留在这间空荡的办公室

想象以后

想象再不会有信来临和被我焚毁

那么就放一把火

烧掉这个空间　我想

在以后的星期三下午

无论下雨或者阳光璀璨

1989 年 4 月 4 日

我的百叶窗

从漏进的阳光和哈出的热气
我知道
所有的百叶窗都注视我
冬天的太阳刺目
我走过大街
拒绝了无谓的牺牲

我想象有一扇为我
打开的百叶窗
阳光不匀称地展现了
我的身高风度和脑容量
然后拉起木叶
想起封锁之后
忘情的呼唤　于是我
回头伫立

寂寞的冬日大街上
麻雀飞去了南方
百叶窗后面仍有暴动
但一切
依然是阳光和哈出的热流
点燃着空气

走进春天
河水和血液一同膨胀
早春的寒冷竖起了
单薄的领子
而百叶窗呼啦一下全部打开
在惊讶和失望之后
我依旧没有拥有
那扇属于我的百叶窗
降下

我们的生辰

在天国的神光中人永远孤独

历史曾被欺骗

书店里出卖死了和活着的谎言

倘若一切已为必然

我们将重新返回

和谐的天国

从而悲剧

被公布为三角恋爱

英雄的血和灵魂

标在了廉价的拍卖行

时间流星般消逝

空间依旧冻结

当英雄的血滴穿石壁

阳光涌进海

我们却茫然若失

即使爱重新走来

我们也再不能相认

于是我们只有沉默

畸形的手失去了

握笔和放枪的权力

天上飞过嘹亮的鸽哨

我们却不愿抬头

用雪崩和塌方

留给我们的幸福

即使渴望

用历史给我们的蔑视

拉吧拉吧拉吧拉吧

把景帆和旗帜

统统升起然后昂头

享受那一阵阵袭人的眩晕

这就是我们的职责

面对这个世界

我们永远属于

雪线

愿望终究还是愿望
生长在雪线之上的并蒂莲
只拥有月亮

金佛花美丽得
让太阳感到冷寂
久盼的目光中
白雪晶洁的主峰
闪现了无数只乌鸦的喧嚣
涌入空气
充塞了思恋的每一角落
蓝湖的心中
有夏季雪峰的袅袅回声

并肩走过别人的眼睛

在没有紫荆草的中午

羊马河总是这样

静静地流过夏季风的呼唤

一缕缕自由的阳光

倾入黑发组成的栅栏

可眼睛依旧寻找

阳台上盛开的四季花

拉紧夜巡的缰绳吧

让向往超越雪线

在真正的冬天里

不要回忆

温馨无雪的南方

窗

隔着擦着异常干净的昨天
穿过透明和空气
只把目光伸向遥远的春天
但深切的渴望被拒绝了
一切都没有开放
蛛网和冬天
为封闭了紫穗槐的清香
蜜蜂在火柴匣中忍不住
拍打着囚禁蓝天的墙壁
在无形的界限之外
我们相互注视目不转睛
可真空和空气之间
永远架不起夏天的虹

偶尔的誓言

我开始走　前面就是城墙

和士兵的刀戟

然后又是欢迎的演说词盛开的木槿花

可以这样说

真的可以这样告诉你

告诉你和我都热爱的人们

我不害怕凶恶咒骂的眼光

还有在广岛爆炸的原子弹

我只担心走进

为死者布置的鲜花里

不再能走动

不再能在流动着的麦香

飞舞着野蜻蜓的田野里

和你们一起大声说笑

一起毫无顾忌地挽着手臂

但我还得走还得向前

你们祝福吧

我也祝福自己

一定要穿过这片

布满铁丝网在冲锋枪和欢呼声的

有效范围之内的开阔地

永不反顾

积雨云积雨云积雨云

让所有的河流通通干涸吧
让所有的冰山都一起融化吧
让所有的水
所有的水
都升腾升腾都升腾吧升腾吧
形成一块积雨云吧

无涯的草原
牧人抬头焦灼地渴望
渴望着这块沉重的积云
草原上所有的紫苜蓿都死亡了
牛羊干渴地成群倒下去
失去润色的枯槁的沙枣林
多么需要这块沉重的积雨云

但河流的水位仍在随森林的递减而上升

但玫瑰花依旧吸吮着草原渴望的水分

但海洋仍然是那么浩渺那么浩渺

草原啊，你这块沉重的积雨云

再也形成不了

你单薄的流云只能下着

落不到地面的太阳雨

草原死了

紫苜蓿再也盼不到沉重的积雨云了

紫苜蓿再也得不到沉重的积雨云了

紫苜蓿死了

它只需要一根火柴

可是九月的天气里

却来到了如此之大的一块积雨云

把所有的紫苜蓿

流放到异国的河流里漂向海洋

草原复生了

积雨云重新旅行

电视

和我一起工作的不看电视
和我同龄的看电视
但一定不能看同一频道

我只看体育赛事和电影
坐在家里沙发的固定位置
显示存在
无聊和中场休息时间
转回手机里的朋友圈
看吃喝玩乐　醉生梦死

电视曾经是了解彼此的桥梁
而今已经标注为过去
如烙印般
固化我们的朋友圈

还好

偶尔打电话给老爸

快看 那个台播着你们的故事

而我的大部分时间

都是工作工作和工作着

春夏

已经夏天

而春天还在等候退出

而我在读你的诗

忘了按下确认键

当然这是个结婚的季节

已经冲动了 却无法保证继续

用契约方式稳定

如用新建保持拆除

新生更迭死亡

那些突然传来的不幸消息如暴雨泛滥

节哀顺变

顺变节哀

或许一个盒子返回故乡更显得平淡

如同一枝玫瑰

一枝百合

一枝菊花

在城市的繁华中闪过

并且悄无声息

这个季节已经发芽的会认真生长

古莲开花

土豆发芽

今日以来

以什么方式表达纪念意义
或许只有时间本身

一切回归于自我
过程的回忆之中
感动于细节
许多派生的细节
繁衍出裂纹和密实
领土随时间流逝或者扩展
遗忘和记忆都很清楚
跨度的三维空间
镶嵌着尊严　距离和充盈
理智无法判断幸福
而幸福的定义无人知晓

走过河流

没有桥的河

和没有河的桥

那是 30 年的河东

以及 30 年的河东

车过金沙

去往如东 一直喜欢路过金沙
仅仅因为它的名字
因为我是一个商业人员

我不太愿意穿过南通
每次在濠河之畔
总是觉得无法呼吸
后来好了
苏通大桥好了
我不用摆渡就可到如东了
再也没有理由路过金沙
而路边彩条布摊子上的一碗馄饨
在寒风中继续温暖我
离开或者驶往如东

如果沪通大桥也通了

我会一直开到如东

金沙　通州　吕四一个个名字就都忘了

一个个彩条布棚子就都消失了

很多故事将没有情节

像现在流行的"抖音"

我们就只剩下十五秒的快感

车过金沙

这一次我是故意的

所在之处

菜市场是我活着的唯一理由

东海带鱼　小菠菜

五种颜色的西红柿和豆腐

西红柿也叫番茄

来自西域路过长安

现在是上海户口本地种

因为曾经有人问过

你吃过番茄炒蛋吗

我们活着　因为可以消化或者消耗

以及浪费　浪漫

而其他类似思想的变化

都路过了瑞金二路

留在了留下之地

彼此珍重

彼此相爱

彼此问候

我们之间只有瞬间的时间

一面就是一生

一碗面也是一辈子

今天因为曾经的记忆而清晰

而这之间没有印迹

我们都是各自的个体

像番茄和带鱼

芦笋和牛肉

葱与姜

故乡之间

都发生过许多故事

失去的离开

离开四月　失去四月

离开粮食　失去生命

离开信仰　失去平衡

离开学校　丢失了你

我的米脂

我的陕北

我的少年

遗失在这条无定河里

是我的从前

四月

我无力面对这个美好而残酷的四月
如同无法解释自由与无用
那些有学历的人们可以解释
但答案与我截然不同

四月是最绝对的
瞬间的美绽放如残酷的一生永恒
沿街飘零
无人收留

有情有义的人去了山里
他们看满眼荒芜中的一树梨花
合影拍照
而我留在城里
体会室内外温差的距离

无法调和

如同你我
你在阳光下冷
我在屋里边凉

开始不迟

所以只要开始
一切不迟
所以一切不迟
只要觉醒

冬日的图饰

雪终于停留在江南的肩上
回头望去黄色的腊梅
而红豆已消失在去往北方的路上

北方尤其是北京之北
因炊烟的流失而走失了无数次邂逅
雪避江南
沿秦岭淮河一线徘徊
南京成了金陵
杭州成了临安
西安成了长安
遥远的乌鲁木齐你可以想象成迪化

南飞的红嘴鸥停在了昆明的翠湖
有谁因西湖的雪留在杭州

179

那一定会是一段千古绝唱

如雪般停在银杏的枝头之上

中午的饺子

51 岁时的欲望

在 52 岁时已荡然无存

去年朋友圈里的自驾西藏

今年己荡然无存

21 岁时的理想

却越来越明显　尤其是夜深人静

雨是一直都没有下来

尘埃泛红

阳光刺进瞳孔　有几只蝙蝠飞过

中年

就是一盒冷冻的饺子

想要跳入一锅滚水

却掩了掩羽绒棉服的领子

躲进白色的塑料盒子

彼此凝望

所谓龙种

龙在飞天
已没有金色鳞片刺伤目光
燃烧的晚霞落在未见之处
满池的锦鲤闪耀肉感和物欲
我无法看到未来
只看到寄生虫纷纷落下
在人间纵横

所谓的龙种
其实是爬在玻璃上的壁虎
一种爬虫而已

十月

你在天花板上移动的身影越来越清晰
即使没有红色汽车的鸣笛
我也可以感到
雨从台风后面走来的那种短促的嚣张
或许如同一锅从春到秋的老汤
霸道 也到了
需要多加一些桂皮山柰和八角

我们无法记住花的绚烂
唯有悲剧可以铸造历史

而秋意的到来
终结着一年的感情纠葛和悲欢离合
如一缕檀香飘过花瓶
和那只开始枯萎的莲蓬

百花间隙

我们停留在我们的秋天里

蜻蜓停留在枯荷的叶子之上

琥珀的诞生是松树的眼泪

绝望的感情才如此滚烫

融化了铁树的坚强表达

明天已经由地铁到达

你写在雪地上的誓言坚不可摧

这个夏天和所有的夏天都完全不同

北方和南方互相尊重

所有的判断在过去或者未来

但不在现在与当下

我们不知道如何是好

路灯亮了

方向盘在你的手上而我无法控制

于是我选择了腰肌劳损

不参与今天之后的一切体力劳动

我只喝酒

然后吃自己烙的肉夹馍

未完待续

清明　我们自然会想起一些人
以及他们丢失在泥土之中的灵魂

温度有别于昨天
河水混浊起来
欲望从泥底的沉寂中苏醒
划过一道看不见的印迹
你走过成为过去
我只有扮成未来
如樱花在瞬间成为一棵绿树
表达四月的残酷

感觉得到冷的依然觉着冷
而四月开始
绿色成为单调

你可以想象成一致

唯有雷声在远处等待爆发

未必

以为可以留下的己和花一起泥泞
我想象的果实弱小并且酸涩
未完待续
雨中的你冷且没有打伞

阳光对于南方和北方的意义截然不同
风亦然
酒也亦然
在心态和年龄的不同时期
酒的表达方式截然不同
而结局却总是相似

一种节日延伸至今
一种相聚重复再现

而结果只有一种
我无法记忆

立秋

孤立的雷阵雨

迷茫在午后的星巴克咖啡

面条和小笼包以及套餐

无法满足魔都的空气

久违的诗意

从天气预报首席播音的童年流出

我

走着回到立秋状态

夏初

水面因鱼的想法过多而开始混浊
鱼们的大小动作
因能见度的下降
我们也无法清楚

春末夏初
道德沮丧的日子
一个冬季的诫训
由于花的开放而荡然

那条游得疲惫的鱼
准备上岸

四月的新语

过往的春天又重新露面
那些柳树的名字叫作垂杨柳
向上的死亡
垂下头的生机勃勃

樱花盛开
那是三十年前热恋的结局
因果关系和普世价值
只留存在寺前的青烟
幻化成霾和处理霾的机器
相互信任

忽然间你就露面了
和你离去的桥段相同
山野的风吹来前天晚上十点的香气

我只能从画面里臆想

曾经的向往

加倍成为归来

历史的重复写着重复的历史

我是逗号

你是句号

寒潮让芭蕉树不再发芽

而那些草已经迫不及待

2016 年 4 月 9 日

十月

离开九月就来到十月
一年的结局在此
花朵的目的结果
因天空晴朗或者阴雨绵绵
而截然不同

风起于青蘋之末
消失在山冈之巅的雪白
雪是湖水漂泊的结局
湖是太湖处于江南
其他湖泊应该可以忽略
包括西湖或者瘦西湖
帝王的高贵让它们显得卑微并且下贱
因此可以忽略

人生亦然

我们如此

这个美丽的世界标准一致

来自世俗

我也来自世俗

十月一切都已明朗

苹果成熟或者银杏金黄

四分之三

完成的四分之三

把最后的总结放入寒冷

冷冻了巨人的精子

等待新年的一月起始

离开九月就来到了十月

已然发生的未来

花开在最灿烂的时候无法想象果实
可是果实的决心仅仅来自那个瞬间
彼此陌生像山水之间的云
我和你
共同拥有的思想以及身体
一种营养滋润
一个念头涌动
我无法想象你的时间如何使用
成长着现在的明天
风开始起时青藤已变蓝
越过房子和顶上的锦旗
声音传来彩色的印记
落在湖边水鸟鸣叫的回音符里
我们的过去如何回到未来
越过没有桥的河以及没有河的桥

那些曾经的毕竟

如何随我们一起散落在出发的路上

毕竟的现在

毕竟的未来

以及毕竟的过去

至少

至少有十年不曾流泪
至少有十首诗可以感动
至少现在会莫名哭泣
当音乐响起
某一段旋律从你心里传来
我无法平息
因某一段情感在某年展现
这一段音乐从未离开